新装版

Instant Poems

加藤 廣行　詩集

竹林館

冬枯れの光流れて鷺の喉

目次

Instant Poems

Table Poems

一日三回　毎食後
三分以内の三分間
言葉に磨きをかけてみる
歯の健康も言葉から
心の虫食い治らぬものか

鯵のひらき

雨の昼餉時
塵界は情に煙りて
軒を渡る翼ゆかし
日々新たなるものを
ラジオで聴いていた　ああ　あの頃
気は今もそぞろ

アボガド

安心閑心
ボンサンス
外国経由の
曇天観

苺

いのちの色をご存知ですか
地中のほてりが恥ずかしすぎて
ごめんなさいでもすみません

伊予柑

いくらでも食べられそうなら
よい日の証拠
勘も冴えます歯に凍みる

鰻

憂き日あらば食すべし
涙湧けば垂涎と為す
禁断の粉も新たなり

雲丹

海の冷たさは忘れた
任官の苦さに群れる鷗も

エシャロット

絵師が晩酌をする
写楽と咀嚼に涙して
六道に盃を投げる
トラバーユの根　銀河へ

おにぎり

追い銭はただ春の夢
人情なんと言うものがあるんだそうで
銀の弾丸をバスケットに詰めれば
梨花至る所に散るを知ります

お萩

お蔭様で
花よ月よと腹が減り
疑問が転がりかけました

オムライス

御宿のおばあちゃん　ごめんなさい
無理を承知の旅程です
ランチの時間に間に合いません
いつものことだとあきれる顔が
スプーンみたいに歪みます

柏餅

感化こそ教育の要諦なら
白妙の衣靡《なび》くをまず愛でてみるべきか
若々しき緑の言の葉を読み解かずとも
門前に客来たらば光る五月闇
知はお好みでつぶし餡

かっこみ飯

神々の照覧は南中の頃か
釣人を気取る少年よ
故事の船端で揺られるのも一法だが
水底で針が目を覚ませば出口あり
明晰の路地にも黒雲が湧くぞ
ジャイアンに託《かこ》ち顔あり走り梅雨

かつ丼

邯鄲《かんたん》の湯気渦を巻いて
追善模様に箸が霞む
緞子《どんす》の袖が気に懸かり

蟹

缶カラを蹴って帰る
忍従の実をせせり出すように

蟹味噌

風邪返してよ
二階の温みを今一度
店の鼻水波打つ際で
粗野にも啜《すす》れぬ葛根湯

加薬御飯

回廊を往く
薬種を盆に乗せ
朽ちていく光に施しながら
午后　まどろむ窓に
ハンカチが晒されて

カレーライス

日本人は驚かない
匙がなければ箸を投げる
辛さに勘定を世事《せじ》の火を
混ぜて絡めて
転んで拗ねて
涙の訳を体得しちゃう
古い台詞を掬いましょうよ
水に頼らず財布を絞めて
明日も仕入れる鬱金《うこん》の夢を

餃子

銀のかけら巡りて
宵の路地に傾く
座を探しよろめいて

きんぴら

今日という一日が
わたしの心をどう変えてくれるのか
筋張った朝飯を食べながら考える

金時の敵は何だろう
甘いものならチャンピオン
しかし　牛蒡のように
身を削ぐことができるのか

喜びを抜かず
赤い良心も少し
ぴりっと子離れ

菊

近代に飽きたら
わたしをお食べなさい
蔵に眠る言葉を起こさず
意味だけをそっと湯がいて

葛餅

黒蜜の組成を
図解してみます
儲かる話は
地下のこの部分です

鯨のたれ

和田町の海が見たい
松の凧に乗って
浜千鳥と沖を見たい

高くなったり
斜めになったり

心まで揺られていたい
ご飯に花びらをふりかけて
光も影もふりかけて
ざぶざぶとお湯に浸かる

翼だ　海の翼だ
空まで跳ねるうねり
大きな背中で鳴いている僕

珈琲

わたしには歌えない
例えば風邪をひいて一人帰る午后
揺れやすい論理が低気圧に入る
背筋を横切り足元から誘う悪寒
ドルチェ・ファル・ニエンテ*
想像力も凍りつく愉悦の高みで

ひそかに結ばれる　そう
幾何学模様の恥じらいを

わたしには測れない
流行り歌の気休めが何百メートルに価するか
抽出された感情に薬石効果が期待できるのか
カップに入れて掻き混ぜて
温泉のように肩まで浸かり
苦さを推敲して眠る
静けさの渦が沈む黄昏
心の辺境に降りしきる白い具現

＊dolce far niente ＝ 無為の安逸

栗おこわ

奇しき縁と雖《いえど》も
理詰めに蒸すこと可なり
折々の思い歯応えに還り
渾然たる出自
椀に熟しゆく

ココア

心ここにと恃《たの》む心あり
粉を掻き混ぜて
安息を排す夜半

コロッケ1

恋しい人にだけあげるなら
労働の油が一番
つまり　その
権利まるめて衣替え

コロッケ2

崑崙の麓
論客わらわらと集う
鶴よ　一声所望
褻《け》に能うソースありと

桜湯

咲いて萎んで
苦界の灯り
乱世の水面に
ゆうらりゆらり

鮭寿司

山海の恵ここに集い
健啖の器既に殷賑《いんしん》をきわめる
すずしき眼流れゆく花に染められ
四海静かなる春の昼餉

サラダ

三百六十五の思い
濫読より生ず
団子なら串もあろうに

サンガ焼き

三千世界はいつ出来た
頑固な音曲遠くに聴いて
焼きたて海の香
禁裏の屏風

秋刀魚

Ｚ旗はまだか
などと高楼《たかどの》に登るかな
旗指物の波静か
洗濯日和もそろそろ暮れて

戸を閉てる響きが遠近をなぞる頃
秋の気は白くたなびいて
パタパタと団扇もて焼く家長に涙
新築のベランダで
民心は今夕餉どき
あらまほしきは醤油
大根への不審を見下ろされる上の方
煙は届いておりますか

山菜うどん

三権分立は
最近にないヒットだから
意義の味わい方も様々ですな
うまみもひとしお
どんでん返しもありましょう

柳葉魚《ししゃも》1

白い波をおぼえている
しおからい回遊と
やさしい呼吸の群れ
もう一度くびれてみたい岬の沖も

柳葉魚2

しおからいのも
親切でしょ
焼き芋がいばりだす秋
もっと深いところの味をどうぞ

白玉雑煮

新年の風を
欄干越しに受けて
たまには心の川べりに
まるい器を置いてみるのもよい
ぞんざいな使い方で
疎ましくなっている目や言葉を
煮込んでまるめて浮かべたりして

スパゲティ

拗ねてのの字をかきくけこ
パンは嫌だよナポリの人よ
芸も身の内おなかが減るが
ティーの作法がなにぬねの

酢豚

滑って摘めぬ
ブイブイコロッ
他山の肉なる今日の照り

赤飯

せめて御心を給え
禁断の朱よ
半減期に至りてなお甘き種子よ

芹

先達の
理を噛みしめてほろ苦き

ソフト麺

損な性分だと観念して
不惑をすすり上げるばかりだが
飛び散るミートがケチャップで
迷惑なのも私です

大根

だんだん透きとおってくるんだ
今までの心なんか全部出しちゃって
今夜は見られたっていいんだ

龍田揚げ

大望は何処にありや
熟々《つらつら》と秋を噛みしめ
端然たる身離れを惜しむ
愛憎の妙を脱ぎ捨て
実に一皿を過ぎゆきし姫の面差

たぬき丼

たまの御出もうれしじゃないか
ぬばたまが出前の夜では
気が急くものの
道理かまわぬ一葉の踊り

筑前煮

近づきてなほ彼方なる夢の燠
國境ひの丘越え難き思ひの草々ひたすらに掻き分くれば
棚引く霞やうやう温もりて裾濡れやすき野には至りぬ
善導の星既に傾きて頬に寄せる海峡の豫感いよいよ重し
荷を解きて文契りけり鎮魂菜

茶

宗匠　貧乏
万感　紊乱
それなら
美男と
撥休め
微醺

ちらし

結局は花と暮らしているのかと気づく眼前に銀の葉が舞う
黄金の葉というものがあるのか
たまさかの遊行と言うも朧
お前様の足下を思いやるに慎みも無く背後の雨音さえ赤らみ
進み行く程に暗転する仮初めのステージ
降りもせぬ雨　流れぬ星

星などが流れているのだろう下草も光り臑《すね》を撫でて行く
せめて昼餉は何も降らぬ境涯の只中でと　野の花咲いて
　　　　　　　　　　　　　夢に結ぶ実わたる風
天を過ぎる鳥の声を厭わず　ああ厭われもせず
膝に　　　　　　　　　　　　　おぼろ
絵日傘をおろす　　　　　　　　　おぼろ　せめて

ちらし寿司

近く遠く
蘭麝《らんじゃ》の気配に誘われて
白波を気取る春の宵
頭痛の種には気がつくめえ
しばらく　しばらく

天津甘栗

点心咲き乱れるが如く
殿《しんがり》を愛でて
天津《あまつ》あたりも賑わうか
毎夜一振り
グスタフ・マーラー
倫理の指先渋くもあらなむ

納豆

軟弱なようで意外にしぶとい
綱が織り成す朝の柵《しがらみ》を断ち切って
とびきり辛いやつに涙する
うまいとか何とかそんなもんじゃない

七草粥

名も知らぬ人は想わず幾年
情遣る器の塗り様
苦海を映すが如し
沙汰を待つ程の
覚悟はありますか
湯帷子《ゆかたびら》偽精進の白さかな

菜の花ご飯

波に向かうと
喉を過ぎる
春の色彩
南下する花たちの息吹
五臓までが振動して
反転する季節の卓

根深

姉さんの二の腕
文化鍋でしたっけ？
考えるふりして盗む

バイキング給食

番頭さん好みですな
粋な皿回し
近代的楽観論の余波と見たね
具ばかり盛り合わせて
気を引く算段とくりゃ
有名税もたいへんでしょう
所得を眺めれば
国は破れ放題ですもの

初鰹

遥かなる海原を思い
募りゆく回遊へのしぶきを
噛みしめる
終の棲み家やいずこ
御身の赤き志　今年も

バナナ

ラジオで古い歌なんか聴きながら
田舎道を走っております
砂ぼこりも立たないなあ
気がつくと一直線の上り坂

両側は谷で
ルームミラーに星が光っている
草を刈りに来た昼
バナナを分けあったっけ
僕らの日常が行き着く所
自転車で暑くなった道を目で競走して
皮を捨てることも忘れた斜面
風が山懐を撫でて頬を冷ましに来る

パングラタン

パンクした視力
愚者に相応の姿勢を保ち
ランプを手繰る
耽溺の坩堝《るつぼ》を冷まさないように

麦酒

ライオンの帰りにふと考える
唇に歌をなんて随分刺激的
そう言えば同僚は皆美人だから
すぐ発泡する
夜空いっぱいに紅の残像
はじけてジョッキも大変でしょう
呑ませてやるばかりだもの
湯を浴びて麦酒含めば追い花火

枇杷

鬢を撫でる視線ほのかに色づけば
訳ありやとほつれゆく若い項《うなじ》

袱紗たまご

ふんわりと包みました
厨《くりや》のぬくみを
さりげなく
玉響《たまゆら》の膳なら
舞も添えましょうか
五節帰りの衣裳を脱いで

蕗の薹の酢味噌和

文まゐらせ
気息何方へ伝へむ
伸るか反るかと

当面の策に倦《う》み飽きても
伸《の》れば反れば
澄みわたるか空よ
御心は既に摘みて久し
草原の春
あえかに誘ふ
鉛直への囀りよ

太巻き

糞の重さに
とまどうなかれ
貧しきは夢の華
際限《きり》のない巻簾《まきす》

鰤の煮付け

文化的な味付けが
理論への奉仕であるとは初耳
残さずに食べるべしと
念じ上げる習慣も
ついでの罪滅ぼし根性でしょう
経験論のおかわりこそ礼儀だとは思いませんか

弁当

いつも頂いてばかりですみません
何かお返しをと考えてはおりますが
手許ばかりか心も不如意で

時差通勤がわかりません
小遣いを工面して
花屋を旅する子供のように
風になって
改札口をさがします
ああ
誰もいない野原だ

帆立ご飯

ほんとに
たいへん
手がかかる
五人囃子で掻き混ぜた
半面教師の貝柱

マカロニグラタン

まんべんなく
かきまぜて
ロンドのように
煮込んだよ
グッドテイスト
ランランラン
探偵さんたち　さあどうぞ

幕の内

迷い箸しばし
くすしき照りに見惚《みと》れれば
海苔てらてらと
恨みがましく
痴技を誘う黒豆ふたつ

麻婆豆腐

満天に星降らず
愛惜の念滾《たぎ》るに似て
傍観すること能わず
道理を保つ唐辛子に
現世《うつしよ》ますます熱く
深き器は舌を惑わす

神酒《みき》

幡《ばん》が四方《よも》の風を鎮《しず》め
八色《やくさ》のビームに変える頃
女《おみな》ら釜を抱えて
戸口に消える

月が近づく夜
泣き濡れもせず
薄《すすき》の原に伏せれば
いよよ白き面差《おもざ》し
昇り来る瓶子《へいし》

廻状を違《たが》えて久し神楽笛《かぐらぶえ》

ミルク

見せてくれ
流布の極みを濡らす血を
汲み置きのきかない負のしたたりを

メンチカツ

面妖な雲行きが
知謀を呼ばぬうちに
諫言求むべし
罪のソースも加減して

水雲

もしや二度とのお運びなしか
受領《ずりょう》の裳裾はぬめぬめと
庫裏の障子に黒い影

焼きそば

山のふもとに押し寄せる
金波銀波の人の渦
そりゃこい　どっこい
梅林がある

焼き芋

リヤカーが重そうなら
後から押しもする
でも

芋を貰うなんて奇跡
テーブルの上で湯気をたてているのは
この子の才覚
皮をむきながら
風を食む秘訣を聞く
赤い頬に

焼き鳥1

野に下りて
気負い無し
富の焦げつきには
離卦《りけ》の塩をパラパラと

焼き鳥2

夜会だってね
気が急くだろうが
通りのいい串を頼むよ
倫理の肝が焦げ始めたから

茹でたまご

夢は峨々《がが》として聳え
臀部徐に熟す
掌《たなごころ》の罪を許せ
満願金玉
御破算の月

湯豆腐如月

優柔なる箸づかいありき
土鍋の角や隠然たるぬさ
海のもの山のものの口取りの皿
不佞《ふねい》の目移りに涙を誘う葱

ラーメン

ランタン点けるかね
靉靆《あいたい》の縁あたり怪しい
門前《めんぜん》の鳴門透けて見えるよ

ワンタンメン

ワンツースリーで
嘆願成就
面前頓珍湯気の中

ボナペティ

私は憶えている
私の人生を変えた歌を
並木を駆け抜ける賢者の
その鬣《たてがみ》のしなやかなうねり
思い出の足元を軽やかに吹き抜ける
緑の旋律を
季節のおしゃべりが集い

時が弾ける食前酒の海
潮騒の奥で今宵も振り向くあなた
杯を重ねよう
渦巻く星に
熱くなる額に
カンバスの白を交叉する魚たちにも
シェフよ来たれ
鋏を振り翳す海老に跨がって
レシピの渚を開いて廻れ
打ち寄せる言葉が夢を洗い
眼の高さに燭が点る頃だ

桃華苑

いつものやつとは何の謂ぞ
店主鍋を選びて客に問へば
雷文は閃きて時を選ばずと
湯気は朦朦午后の皿に満ち
炒飯の夢聳えて人間《じんかん》を開く
北京は花咲き　腹減る頃か
歌わざるや青春杓子を立て
舞わざるや千年紀龍の如く

お湯をかけてもほぐれぬ言葉
三分間程心にかけて
措辞柔らかに果てる頃
梘水《かんすい》の妙具にもつくべし

Occasional Poems

朝顔

あそこまで行ってみたい
わきあがる雲よりまぶしく
透きとおる空より高いところ
緑も　青も　うす紅も

色たちは烟《けむ》り　距離は揺れ
あそこまで行ってみたい
光でなく
意志でなく
わたしの背で　めぐり
昇って行く夏の芯まで

向日葵

突きぬける光
吹きぬける風
夏がわたしを通りぬけて行く
わたしは向日葵
太陽のはらら子

眼を向ければ
物はみなわたしの焦点
時の輪郭が炎えあがり
葉末の今日がゆらめき始める

灼けていく視線の昼
灼けていく逆さの世界
ゆらめくたび
焦げていくわたしのレンズ

ヨット

これはどこからの風
岬を巡る海流と挨拶を交わし
わたしの背を
三角形にふくらませ

これは何のしぶき
雲よりも速く砕け
灼けた海図をぬらし

風上へ行こう
喫水が生まれるところ
親しい波と呼ばれるために

海

分かちあう藍を忘れて
深くなる海
嘆きや祈り
群がる鳥を許さず

うねるうねり
重なろうとする雲や
岬を包む風は
比喩にまかせて
ただ白く砕ける視線
何か生まれるようだ
海溝に向かう鱗がキラと戸惑う

蟬

そんなにあわてなくても
わたしは鳴きやみはしない
西へ急ぐ太陽よ
あなたのふところは
まだ　こんなに暑いぞ

そんなにあわてなくても
わたしは眠りはしない
白い月よ
あなたのせいで
こんなにも明るい夜だ

そんなにあわてなくても
仲間たちよ
闇に沈むのは
早いぞ
まだ

螢

穂波の上を飛んで行け
生まれたばかりの雫の原で

月のいのちが光っているよ
背中が思い出でぬれているよ
螢よ
夜がおまえを憶えているよ

午睡

灼けつく岩山は会議中
汗が飛び散り喧嘩ごし
合い言葉はマゴの手？
合い言葉はＵＦＯ？

アリババよ
三十九人の未来の僕ら
開けられるものなら開けてみろ
夢の世界に合鍵はない
遅刻ついでのひと眠り
宝の山は俺のもの

チャイム

午后の裏庭で
掃き残した一枚の落葉に
心を奪われている君

友達の目の中を
秋が静かに過ぎていく
きらきらと透きとおって
遠くなる背中

ほうきを持ちなおすと
吹きぬける疑問
今のは風の答え？

銀杏

雲の切れめから
君を見つめているものがある
かも知れない
今立ち去った誰か？
ずっといるものの影？

はらはらと舞う落葉

ジグソーの渦で
君は時間を遡っている
のかも知れない
風が生まれるところまで？

見えているのに
聞こえない問いかけ
歌声の階段を降りていくと
降ってくる光の中で
ふいに振り返るまなざし
もう気づいている？

いちょう

ふるえているよ
いちょうのは
かぜとおはなし
なにかしら

ともだちたくさん
いちょうのは
わたしのとこまで
とんできて

そらのちかくも
あたたかい?
ゆめのかたちを
おどりましょ

帰り道

雨の日は学校が遠かった
水が入りやすいゴム長

晴れた午後は家までの迷路
曲がり角で次の風を探すと
銀杏の渦が天まで届く

黒板

だれとしかられたんだっけ
むちゃくちゃにさわいだ
この教室で

みんなで走ったんだ
吹きつける風に向かって
このトラックを

なぜ　あいつをにくんだんだろう
消しゴムで消したら　もう
なつかしくなったぞ

その理由

歌おう

心の部屋は見えないから
言葉で聞かせて
その不思議さを

心の色はあふれるから
響きで伝えて
その温かさ

形は心の影かしら
光には内緒
水鳥みたいにはばたいて
虹のしぶきと踊りたい

届いたら教えてあげる
どこで扉が開くのか
静けさが波打つ
瞳の海を

個性

ひよこがこの頃はひとり歩きを覚えて
暗くなっても帰りゃしない
髪を七色に染めたりピアスをしたり

コンビニの前でもてもてはやされて
何でもしちゃうお人よしだから
闇の中で扉が開いたら
温かい灯がもれると決めつける
煙が通るだけの心じゃ寒いだろうに
せめて何か食べなさい
仲間は家に帰ったようだ

友達

雪が降った朝
君と転びそうになって
はじめて
歩いている自分に気づく

もう
髪の先まで温まっていることや
白い道が
自分のもののように思えていることにも

次の一歩で始まる笑顔
最後の一歩は今ので終わり

言葉を交互にならべて
迷わないようにしている
僕　君　それから
新しい風のしなやかな手

首を傾げれば
星からだって吹いてくる
さらさらした疑問が
ほてった頬をなでるんだ

花

生まれたばかりの花
開き方を迷っている時計のよう

渦は風にまかせて
光が夢を射抜くのを待っている
飛び散る水に打たれて
不意の挨拶にも応えるんだ
東の空はパレットだから

同じ根から生まれても
葉の緑と土色の茎
思いを交わすのは難しいだろうと
冬にくすぐられてばかり
祈りは枝みたいに遊んでいるし

文字盤の上で肩を並べる前に
見ておきたいものがあるんだ
虹のかけらが近づくようで
微笑みって言うのかしら

生まれたばかりの花
咲き方を恥じらう時のよう

光

光を見たことはないだろう
そう　僕らは振り向かずに歌うから
夢の呼びかけを聴いたことはある？
でも　痛みは疑問のかけらより速いし

駆けめぐる星は道を選ばない

確かに
見えないものがある
どうしても
聴こえないことがある
一粒の雨の中で育つ希望の温もりや
眼の中で繰り返される潮騒
僕らの深いところで球形の記憶たちが
呼吸している

かすかな予感
渦を巻く色彩

輝きを求め
しだいに速く
少しずつ先を研ぎ
矢のように透き通る時間

光！

遥かな波の音が聴こえるだろう
君の背中に今着いたばかりだ

舌代

インスタントラーメンを初めて食べたとき、子ども心に「時代が変わった」と思ったものである。当時世を騒がせた社会的衝撃の中でもこの即席ラーメンは格別で、食べ物のことだけに子どもにも実際腑に落ちた。街の食堂でなければ味わえない料理が自分の家で、しかも短時間でできる。ラーメンを食べに行くこと自体がそもそも憧れであった時代に、夢からの出口が商品化されたのである。

この発想が他の食品に応用されるや、食生活の変質著しく、今やファーストフード全盛の世となった。さすがにこの風潮への批判も出始めていて、今度は食の本質はスローフードにあり、とのことである。いずれ世は高齢のゆっくり社会、我がインスタントポエムへの不審も懸念されるが、こちらは食べ終わってからの三分間、血が集まるあたりの、束の間のしあわせ。

食休みのふりをして内臓の熱を感じている。いつも変わらずに寄せてくる食事の、だから出来事の不思議さ。それは、食材たちが光や水にもどるひとときの胸のあたりに光が差して、指の先まで風が吹く。頭の天辺が潤され、土の温かさが腹で甦る。視界がだんだん明るくなって、じわじわと気づく。私の考えや行動は結局、水や光や風や土の転変であるのかと。ならば、これはコレスポンダンス、至福の所以はここにあったのか。

なるほど机の上を通り過ぎる一陣の風が言葉になったり、遥かな雲の流れが啓示を与えてくれたりと、気づきさえすれば世の中は奇跡に満ちている。しかし、万物が照応する契機は食事にあるという発見。やがては身体やエネルギーとなるものたちが一旦は予感や期待に変容し、思い思いの可能性を探っているらしい。身中のカオスが渦を巻いて、さても言葉が生まれそうな状況である。料理が抱える衝動のようなもの、食材が、或いは食材となる以前から育てていた思いが顕現を求める、生成の一瞬。

「食卓詩」はそのようにして生まれた。

お待ちかねの給食、学校中の期待が頂を意識し始める頃、話し相手のない部屋で検食を終える。廊下をひたひたと寄せてくる静けさが次第に温まるのを感じながら、言葉の誕生に立ち会う、そのときめき。

グルメブームもまた言葉のブーム。しかし、それにはまるで無縁の世界、新鮮な言葉が味わえる親しい食卓に感謝する。給食は勿論、気のおけない店、そして我が家の粗餐に。

「機会詩」もまたほとんどが学校で生まれた。暑中見舞いや卒業アルバムへのメッセージなど、どれも書き直さないと決めて時間をかけずに書いた。教室で子どもたちと競って書いた濃密な時間、職員室で強いた孤独を忘れることはないだろう。

しかし、事務机の上で四季は巡り続け、推敲への衝動も襲うことをやめない。この際、その誘惑にすこしだけ負けてみた。迷い多き日々を愛しく思って。

＊本書は新装版刊行に際して適宜振り仮名を付した。

知の皿の上のおいしい言葉

――「Instant Poems」を味わう

左子真由美

「Table Poems」（「食卓詩」）は、まず目次にさっと目を通すと、いかにも美味しそうなタイトルが並んでいます。食べものの嫌いな人はまずいないと思われますが、食べものに特化した詩群というのもそうないことでしょう。「万物が照応する契機は食事にあるという発見」と著者が書いておられますが、読者の私たちはワクワクしながらページを開きます。ところが、あれっと驚く詩に出くわします。ロートレアモンの詩の「解剖台のミシンと傘の偶然の出会いのように美しい」というフレーズのように、意外な言葉の出会いにハッとするのです。例えば「栗おこわ」では、

奇しき縁と雖《いえど》も
理詰めに蒸すこと可なり
折々の思い歯応えに還り
渾然たる出自
椀に熟しゆく

となり、たんにお料理の詩を想像していた読者は一瞬期待を裏切られますが、

タイトルと詩の本文の間の距離、膨らみ、これがこの詩集の面白さであり、読者を引き込んでゆく仕掛けのようなものなのでしょう。語彙の豊かさ、自由さは著者の深い教養の土台があってのもの。そして、語りの面白さはいつの間にか加藤ワールドへと読者を引き込んでいきます。そんな語り口は次のような詩にも。

山菜うどん

三権分立は
最近にないヒットだから
意義の味わい方も様々ですな
うまみもひとしお
どんでん返しもありましょう

山菜うどんを語るのに「三権分立」がまず出てくるという面白さ。また、短い「大根」という詩の鋭い表現にも魅了されました。

だんだん透きとおってくるんだ
今までの心なんか全部出しちゃって
今夜は見られたっていいんだ

そして、「枇杷」という艶やかで美しい詩にも惹かれました。

鬢を撫でる視線ほのかに色づけば
訳ありやとほつれゆく若い項《うなじ》

他にも引用したい詩はまだまだありますが、総じて、高級料亭の料理をお馴染みの居酒屋さんで味合わせていただいたような贅沢な時間を過ごさせていただいた気がします。それは「馥郁たる季節の味、馥郁たる言葉の味」に他なりません。

さらに、鋭い読者の方は気づかれたと思いますが、かなりの詩は折句になっています。伊勢物語に登場する和歌、「かきつばた」（からころも／きつつなれにし／つましあれば／はるばるきぬる／たびをしぞおもふ）のように。「食卓詩」の中にもたくさんの折句があります。一度詩を味わった上で、もう一度折句を探して読まれると楽しい発見があることでしょう。

そして続く「機会詩」では、一瞬の場面を切り取って印象深い見事な詩が並んでいます。例えば「蟬」という詩では、

そんなにあわてなくても
わたしは鳴きやみはしない
西へ急ぐ太陽よ
あなたのふところは
まだ　こんなに暑いぞ

そんなにあわてなくても
わたしは眠りはしない
白い月よ
あなたのせいで
こんなにも明るい夜だ

そんなにあわてなくても
仲間たちよ
闇に沈むのは
早いぞ
まだ

蝉と言えば、はかなきもの、というイメージで描かれがちですが、ここでは力強く生命の高揚が詠われています。また、音楽にも造詣の深い加藤さん、「歌おう」ではやわらかい歌のようなメロディアスな詩も書かれています。

さまざまな手法を自在に使って書かれる加藤さんですが、加藤さんのことを考えるとき、私の中ではなぜか『梁塵秘抄』の有名な「遊びをせんとや生まれけん」といった言葉が浮かびます。粋で洒落た言葉遣いのなかに真実をさらっと垣間見せる、そんなこの詩集がたくさんの方に読まれることを願ってやみません。

加藤 廣行（かとう ひろゆき）

詩誌「山脈」「光芒」同人 「火映」「PO」会員
日本詩人クラブ 日本現代詩人会 会員
著書 詩　集『AUBADE』（1980 国文社）
　　　　　『ELEGY &c.』（1991 国文社）
　　　　　『Instant Poems』（2002 国文社）
　　　　　『歌のかけら 星の杯』（2013 竹林館）
　　　　　『夜伽話』（2019 竹林館）
　　　　　『荒地を売っている店』（2022 待望社）
　　 句　集『定型春秋～日録徘徊味』（2022 樂舎）
　　 評論集『新体詩の現在』（2015 竹林館）
　　 教育論『国語屋の授業よもやま話』（2012 竹林館）
　　　　　『教員必携諺擬』（2021 竹林館）
　　 歌曲集『ほんとはむずかしい五つのことば』（2015 樂舎）

現住所 〒274-0063 船橋市習志野台4-56-5

〈新装版〉 詩集 Instant Poems

二〇二三年六月二〇日 第一刷発行

著　者 加藤廣行
発行人 左子真由美
発行所 ㈱ 竹林館
〒530-0044 大阪市北区東天満2-9-4 千代田ビル東館7階FG
Tel 06-4801-6111 Fax 06-4801-6112
郵便振替 00980-9-44593
URL http://www.chikurinkan.co.jp

印刷・製本 モリモト印刷株式会社
〒162-0813 東京都新宿区東五軒町3-19

ISBN978-4-86000-495-8 C0092

定価はカバーに表示しています。落丁・乱丁はお取り替えいたします。